ACTES SUD JUNIOR
est dirigé par Madeleine Thoby-Le Duc

*Pour Chantal, qui m'accompagne
dans mes pérégrinations imaginaires
et qui ne cesse d'enrichir par sa perspicacité
l'univers de mes chers Malice et Réglisse.*

JULIAN PRESS

Après des études d'arts graphiques,
Julian Press débute dans l'édition pour la jeunesse
puis travaille dans une agence de publicité.
Il a vécu plusieurs années à Bruxelles.
Aujourd'hui, installé à Hambourg avec sa femme,
il poursuit sa carrière d'auteur-dessinateur
dans la presse pour enfants.

Dans la même série :

*Les Enquêtes de la Main noire
Opération Dragon jaune*

*La traductrice remercie sa collègue
Anna Gourdet de sa précieuse contribution.*

Direction artistique :
Isabelle Gibert

Maquette :
Pierre Abeillé

Titre original :
Die Lakritzbande, Operation Goldenes Zepter
© C. Bertelsmann, Munich, 2001

© Actes Sud, 2002
pour l'édition française
ISBN 2-7427-3857-6

*Loi 49-956 du 16 juillet 1949
sur les publications destinées à la jeunesse.*

LE SCEPTRE D'OR

Écrit et illustré par
JULIAN PRESS

Traduit et adapté de l'allemand par
SYLVIA GEHLERT

ACTES SUD JUNIOR

LE SCEPTRE D'OR

Il n'y avait pas de meilleure réglisse qu'aux « Délices de Francis ». C'est là que Caroline, David et Valentin faisaient régulièrement leur provision de friandises pour la récré. Dans la confiserie de Francis Lespinasse, l'oncle de Caroline, ils retrouvaient Antoine, le frère cadet de Francis, qui était inspecteur de police et grand amateur de guimauve. Et, comme les trois amis étaient friands d'énigmes policières, d'histoires à suspense et de mystères, ils ne cessaient de l'assaillir de questions sur son métier. Jusqu'au jour où ils fondèrent leur propre agence de détectives. Avec Francis et Antoine comme conseillers techniques. Peu après, ils réussirent à résoudre leur premier cas*. Pour se réunir, Francis leur avait proposé le « Sucrier », la réserve à bonbons qui se trouvait au grenier de la confiserie. C'est là, au milieu des parfums appétissants qui s'échappaient des cartons remplis de sucreries, que l'agence Malice et Réglisse avait aménagé son bureau.

Francis Lespinasse est pondéré et perspicace. Ce n'est pas à lui qu'on ferait passer une bêtise de Cambrai pour une violette de Toulouse !

Valentin Rigaudon, l'astucieux benjamin de la bande, n'a pas l'œil dans sa poche et a les poches remplies d'objets divers pour faire face à l'imprévu.

Caroline Montonnerre réfléchit plus vite que l'éclair. En bonne sportive, elle a l'esprit d'équipe et le goût des obstacles à surmonter.

L'inspecteur **Antoine Lespinasse** aime l'informatique. Il a offert son vieil ordinateur à l'agence Malice et Réglisse qui s'en sert avec aplomb.

David Delorme a l'oreille fine. Il sait reconnaître tous les cris d'oiseaux. Ce que lui caquette son fidèle cacatoès n'a pas de secret pour lui.

Robinson, le cacatoès, avance à battements d'ailes discrets et fait tomber de haut et sur leur bec les méchants de tout genre.

* Cf. *Opération Dragon jaune*, Actes Sud Junior, 2001.

LE SCEPTRE D'OR

ON N'Y VOIT PAS CLAIR !

Plus qu'un jour d'école avant les vacances de Pâques ! En sortant des cours, Caroline, David et Valentin allèrent s'installer au *Palais de la Glace*. Pendant que David émiettait discrètement une gaufrette pour le goûter de Robinson, Valentin se penchait sur son devoir de maths et Caroline sortait sa grille de mots croisés.
– En trois lettres : « Voleuse volante. » La deuxième lettre est un I.
– Facile, commenta David. Mets un P en tête et un E en queue, et voilà l'oiseau. Allez, la suite !
– En quatre lettres : « Se dit pour faire taire. »
– Chut ! fit Valentin en levant la tête de sa feuille. On dirait que des gens se parlent dans la salle à côté. Je croyais qu'elle était en travaux.
– Ce sont les ouvriers, suggéra Caroline pour se reprendre aussitôt : Non, ça ne colle pas. Pourquoi parleraient-ils à voix basse ? Alors, qui sont-ils ? Et qui est ce Ludovic dont ils parlent ?
Elle appuya sur la poignée pour jeter un coup d'œil. La porte était fermée à clef. Ses vitres en verre dépoli ne laissaient rien transparaître.
– On va voir ça, déclara Valentin en vidant ses poches. Regardez, j'ai exactement ce qu'il faut pour y voir plus clair.

---QUESTION---
À quel objet Valentin fait-il allusion ?

....

UN BONNET NOIR
QUI FILE UN MAUVAIS COTON

Valentin prit le rouleau de ruban adhésif et sectionna un morceau qu'il colla sur la vitre de la porte. Comme par enchantement, le verre perdit à cet endroit-là de son opacité et devint presque transparent. Caroline et David accoururent. Le nez collé contre la vitre, les trois amis distinguèrent dans la salle un homme qui était sur le point de partir par la porte de derrière. La personne avec laquelle il s'était entretenu ne devait pas être loin.

Caroline régla rapidement les consommations, Valentin fourra son devoir de maths dans son sac à dos et David nota le signalement de l'homme aperçu à travers la vitre :

– Bonnet noir à pompon blanc, veste sur pull à col roulé, cheveux blonds et menton en galoche. Allez, dépêchez-vous, sinon il va nous filer entre les doigts !

Il ne pensait pas si bien dire. Quand ils sortirent enfin dans la rue, l'homme au bonnet à pompon s'était volatilisé, les laissant bredouilles.

Le lendemain, vendredi, les membres de l'agence Malice et Réglisse profitèrent de la récré pour faire un premier point. Caroline résuma :

– Les deux personnes dont on a surpris la conversation trament un mauvais coup, c'est sûr. Mais lequel ? Où ? Quand et comment ?

– Suivez mon regard, murmura David, le revoilà, notre homme !

—————— QUESTION ——————
Où David a-t-il repéré l'homme aperçu dans la pièce en travaux ?

ÇA, C'EST BIEN LE POMPON !

– Moi, à sa place, dit Valentin, je ne me baladerais pas avec cet immonde bonnet à pompon sur le porte-bagages de ma moto.
– Une moto qui, par-dessus le marché, n'a pas de plaque d'immatriculation, constata David.
C'est alors que la cloche sonna la fin de la récré et le début des dernières épreuves avant les vacances. Ils se quittèrent avec un soupir. Valentin pour une interrogation écrite sur *Le Corbeau et le Renard,* David pour un test de maths et Caroline pour faire son exposé sur la vie des seigneurs au Moyen Âge. Quand ils se retrouvèrent à la sortie, ils avaient le sourire. Tout avait bien marché pour tout le monde. Comme d'habitude, Robinson était venu chercher David et lui pinçait l'oreille en guise d'affection.
– Et si on allait faire un petit tour en ville ? proposa Valentin. Une moto sans plaque et un bonhomme à bonnet, c'est vite repéré.
– Ça alors, c'est le pompon ! s'écria brusquement Caroline. Comment ne pas y avoir pensé tout de suite ? C'est donc de lui dont il était question hier chez le glacier. Regardez, ça crève les yeux ! Les garçons, je sens qu'on va avoir du pain sur la planche.

---- QUESTION ----
De qui Caroline veut-elle parler ?

REMUE-MÉNINGES DANS LE « SUCRIER »

Sur une affiche annonçant l'exposition du trésor du château, Caroline avait vu le nom du duc Ludovic. Et ce nom, les deux individus l'avaient prononcé à plusieurs reprises pendant leur tête-à-tête secret.
Réunis dans le « Sucrier », les membres de l'agence Malice et Réglisse firent part de leurs troublantes découvertes à leurs conseillers techniques. Francis rechercha sur internet les horaires de l'exposition qui devait ouvrir le lendemain. Antoine examina le portrait de l'homme au bonnet, dressé par David. Non, l'individu ne figurait pas sur le fichier des personnes recherchées, et aucune moto volée récemment ne correspondait à celle que les trois amis avaient aperçue la veille.
– Le château possède un système d'alarme hautement performant. En cas d'effraction d'une vitrine, il se déclencherait aussitôt. Alors ne perdez pas votre temps à surveiller les visiteurs.
Les Malice et Réglisse ne l'entendaient pas de cette oreille-là. Trois jours durant, ils firent le guet devant le château. L'après-midi du quatrième, Caroline craqua :
– On a tout faux. S'ils avaient vraiment voulu voler le trésor du duc, il y a longtemps qu'ils l'auraient fait. J'attends encore le début de la prochaine visite, et puis je… je… Non, je n'ai rien dit. Le voilà !

---QUESTION---
Pourquoi Caroline a-t-elle finalement décidé de rester ?

....

DU CASSOULAY, EN VEUX-TU, EN VOILÀ !

Débouchant d'une ruelle, l'homme au bonnet à pompon se dirigeait vers le château. Après un regard circulaire comme pour s'assurer qu'il n'était pas suivi, il entra dans le vestibule et acheta un billet à la caisse. Les Malice et Réglisse en firent autant, puis ils se mirent à observer discrètement la foule qui attendait le début de la visite. Rien ni personne de suspect.

Un portable accroché à sa ceinture, une femme sèche de ton et de silhouette pria les visiteurs de la suivre le long du grand escalier jusqu'au fameux salon bleu où elle prit la parole :

– Les objets réunis dans cette salle comptent parmi les plus anciens et les plus précieux appartenant à la dynastie des Cassoulay, comme cette épée forgée de la propre main de Ludovic Ier et le hochet d'or du futur Ludovic II. Ce dernier naquit vers 1426 et épousa Elvire de Traveyre dont la dot comprenait douze timbales de vermeil qui…

La guide débitait ses commentaires d'une voix monocorde, les salles se suivaient et se ressemblaient plus ou moins. Valentin ne put s'empêcher de bâiller : trois quarts d'heure déjà qu'ils se traînaient d'une vitrine à l'autre. Ouf ! Plus qu'une salle ! C'est alors que David s'arrêta, alarmé :

– On a perdu quelqu'un en route. Je ne sais pas encore qui, mais il manque une personne. Vous êtes d'accord avec moi ?

---QUESTION---

Quelle personne a disparu du groupe de visiteurs ?

....

ARRÊT SUR IMAGE

– Je vois, dit Valentin qui, du coup, ne bâillait plus. Grand chapeau, imperméable clair et pantalon à carreaux. Tu crois que c'est le compl…
Avant qu'il ne puisse finir sa question, une sirène d'alarme se mit à hurler. Les trois amis rebroussèrent chemin en suivant le son de la sirène. Dans la salle du couronnement, un gardien contemplait, hébété, les bris de verre devant une des vitrines.
– Tra… tra… travail de pro, bégayait-il. Ventouse et scie à diamant.
Les Malice et Réglisse dévalèrent l'escalier. À la réception, le gardien chef repassait au directeur les dernières images prises par la caméra vidéo.
– Comme vous savez, monsieur le directeur, la caméra enregistre une image par salle toutes les trente secondes. Le cambrioleur doit forcément y être.
Les images défilaient, le directeur s'arrachait les cheveux. Quel scandale ! Le gardien chef appuya sur le bouton « Arrêt sur image ». David, Caroline et Valentin distinguèrent sur l'écran un homme qui s'approchait de la vitrine, couvrant son visage de la main. C'était lui !
– Qu'est-ce que vous faites là, les enfants ? tonna le gardien chef en les apercevant. La visite est terminée. Si vous voulez bien sortir !

--- QUESTION ---
Quel objet le cambrioleur a-t-il dérobé ?

....

UN CACATOÈS TRÈS FIN LIMIER

C'était le sceptre d'or que le vieux roi Romuald X avait offert au vaillant duc Ludovic II au lendemain de la bataille victorieuse de Vazy-Tapefort en l'an mille quatre cent cinquante et un.
– Pourquoi le sceptre ? demanda Caroline très justement.
En effet, les vitrines du château regorgeaient de bijoux et de bibelots précieux qui étaient bien plus faciles à revendre que cette pièce très connue. Si le voleur l'avait choisie, c'était qu'elle devait avoir une valeur toute particulière. Mais laquelle ? La guide ramenait son troupeau de visiteurs vers la sortie où le gardien chef les invita à bien vouloir vider leurs poches et à présenter leurs sacs.
Lorsque l'homme au bonnet à pompon descendit les marches du château en sifflotant, David bondit, prêt à le suivre, mais Valentin le retint par la manche.
– Pas la peine, il est sur ses gardes, on risquerait de se faire repérer. Essayons plutôt de retrouver le voleur. Il a dû sauter par la fenêtre des toilettes. Venez, on va lui couper la route !
Les trois amis dévalèrent les marches et tournèrent dans une rue latérale. Alors qu'ils l'arpentaient, Robinson s'envola tout à coup et disparut dans la verdure. Valentin l'avait suivi du regard.
– Chut ! Approchons sans faire de bruit. On va lui faire la surprise.

―――― QUESTION ――――
À qui la surprise est-elle destinée ?

ON COURT DE COUR EN COUR

C'était le voleur qui s'était caché derrière les vieux fûts de mazout que Valentin comptait surprendre. Il l'avait reconnu à son pantalon à carreaux. Les Malice et Réglisse avançaient avec précaution, mais le gravier de la cour qui crissait sous leurs pas les trahit finalement. L'homme abandonna sa cachette, se précipita vers le mur du fond qu'il franchit en prenant appui sur les branches d'un noisetier. Les trois amis l'entendirent atterrir de l'autre côté avec un gémissement. À leur tour, ils se hissèrent sur le mur.
Cette fois-ci, il ne leur échapperait pas.
– Mais je n'y crois pas ! pesta David en voyant que la cour était déserte. Il a encore disparu. C'est de la magie ou quoi ?
– Pour le retrouver là-dedans, bonjour ! marmonna Valentin, ce ne sont pas les cachettes qui manquent.
Il sauta par terre, suivi par David. Tous deux se mirent à fouiller la cour en guettant la moindre trace qu'aurait pu laisser le voleur. Assise en haut du mur, Caroline passait les environs au crible de son regard. En vain ! Elle allait abandonner quand un détail lui accrocha l'œil.
– Là-bas ! Vous voyez ce que je veux dire ? s'exclama-t-elle en pointant dans la direction de sa trouvaille. Ou bien il l'a perdu ou bien il a voulu s'en débarrasser.

—— QUESTION ——
Qu'a découvert Caroline ?

DES NOUVELLES FRAÎCHES À CHAUD

Caroline courut ramasser le chapeau du voleur qui dépassait de sous l'escalier. Elle décida de l'emporter pour l'examiner de plus près. Quant à son propriétaire, il avait préféré prendre le large avec son butin.
Le lendemain matin, Francis et Antoine toquèrent à la porte du « Sucrier » en apportant *Les Nouvelles fraîches du Nord*. À côté de la photo du sceptre, figurait un article sur le vol de la veille. Le début ne comportait rien de nouveau, mais tout à coup, tout le monde dressa l'oreille.
– « Le sceptre était une des dernières acquisitions du musée, lut Francis. Il faisait partie de l'héritage du professeur Alphonse de La Noycreuse, décédé récemment. Le mystère qui entoure les circonstances dans lesquelles l'éminent archéologue était entré en possession du sceptre n'a jamais été élucidé. Peu après sa mort, sa gouvernante et unique héritière a proposé à la direction… »
– Un mystère ! triompha Caroline. On ne s'est donc pas trompés !
Ils trouvèrent l'adresse du professeur sur l'annuaire et s'y rendirent sur-le-champ. Au rez-de-chaussée, une pizzeria. Au premier étage, deux appartements. Pas de nom sur les portes. Ils sonnèrent à tout hasard. Une dame d'un certain âge, à l'air avenant, leur ouvrit. David se pencha vers Valentin :
– C'est sûrement la gouvernante. En tout cas, c'est l'appartement de La Noycreuse.

QUESTION
Qu'est-ce qui permet à David de lancer cette affirmation ?

DES PLEURS POUR LE PROFESSEUR

Les trois amis se présentèrent. La gouvernante fondit en larmes.
– Que c'est gentil à vous de vouloir éclaircir cette histoire déplorable ! Pauvre professeur, qui tenait tellement à son sceptre. Heureusement qu'il me reste le tableau dans l'entrée qui les montre tous les deux ! Mais entrez donc, j'allais justement me mettre à table. Un peu de compagnie me ferait du bien. Et si je vous commandais une pizza ?
Impossible de refuser, surtout que l'odeur appétissante qui montait de la pizzeria faisait venir l'eau à la bouche. Les trois amis mangèrent à belles dents pendant que la gouvernante leur faisait le récit de sa vie passée au service de son cher professeur. Ils prirent congé en la remerciant. Dans l'escalier, Valentin exprima leur sentiment à tous :
– Extra, la pizza, mais ça ne doit pas être drôle de vivre toute seule.
Caroline poussa la porte de l'immeuble. Fini le silence feutré de l'appartement du professeur. Les bruits de la ville les assaillirent. En attendant le feu vert pour traverser, les Malice et Réglisse s'avouèrent qu'ils n'avaient pas avancé d'un pouce. Comment La Noycreuse avait-il obtenu le sceptre ? La gouvernante n'en savait apparemment rien.
Un coup de klaxon fit sursauter Valentin qui n'en crut pas ses yeux. Décidément, les malfrats n'ont pas peur des vêtements voyants !

---QUESTION---
Qu'a repéré Valentin ?

LE SCEPTRE D'OR

CHASSE AUX CARREAUX

– Moi, si j'étais un voleur recherché par la police, je changerais au moins de pantalon, dit Valentin. Rien de tel que ces carreaux ridicules pour attirer l'attention. C'est vert, vite, fonçons !

Les Malice et Réglisse sur ses talons, l'homme, qui était cette fois à bicyclette, se mit à pédaler à toute allure. Une course folle s'engageait. Caroline en tête, les trois réduisirent petit à petit l'écart. Ils n'étaient plus qu'à une vingtaine de mètres quand le voleur bifurqua subitement, disparaissant derrière une porte à glissière qui se referma au nez des trois amis. Ils cherchèrent vainement une autre entrée.

Finalement, David fit la courte échelle à Caroline qui scruta scrupuleusement le jardin et la villa avec sa vaste véranda. David commençait à trouver le temps long et son amie pas des plus légères. Caroline sauta par terre.

– À part une voiture dans un coin, la propriété a l'air abandonnée.

– Alors le voleur aurait eu une télécommande pour ouvrir la porte ?

– Faut croire, murmura Caroline. Je peux jeter un autre coup d'œil ? Regardez, Robinson survole le jardin. Qu'est-ce qu'il est excité !

Elle remonta sur les épaules de David pour pousser un cri de surprise.

– Quelqu'un est passé dans le jardin depuis tout à l'heure, c'est sûr !

--- QUESTION ---
Qu'a remarqué Caroline ?

PAR LA BARBE DU NAIN !

Caroline se frotta les yeux. Le nain de jardin au bonnet rouge ne regardait pas dans la même direction qu'avant. Sans hésiter, elle se hissa en haut du mur, puis sauta dans l'herbe de l'autre côté. En se faufilant entre les buissons, elle avança jusqu'au nain qui la narguait de son sourire de simplet. Elle décida de le tirer par la barbe. Mû par un mécanisme de rotation, il tourna de 180 degrés ! Simultanément, un grincement provenant de l'arrière de la villa se fit entendre.

Stupéfaite, Caroline se précipita dans la direction d'un couvercle vermoulu qui s'était levé, libérant une enfilade de marches suintant l'humidité. S'orientant à la faible lueur qui parvenait de l'autre bout du tunnel, elle le traversa sans sourciller. Par une porte entrebâillée, elle accéda à l'intérieur de la villa et monta au rez-de-chaussée. La première porte fut la bonne !

Dans le bureau sombre où régnait un désordre indescriptible, elle retrouva le sceptre volé, appuyé contre une chaise. Sa pointe avait été dévissée et reposait sur le siège. Caroline comprit. C'était pour son contenu secret que le sceptre avait été dérobé. Mais quel était ce contenu si précieux ?

Le cœur battant, elle laissa courir son regard qui, soudain, s'immobilisa.
– Voilà la clef du mystère ! murmura-t-elle. Au travail, ma grande !

---QUESTION---

Qu'est-ce qui a attiré l'attention de Caroline ?

BROUILLONS ET FRISSONS

La glace reflétait le titre du livre ouvert sur le bureau : *Manuel de décodage*. Une feuille de papier froissée reposait dessus : le contenu du sceptre ! Caroline la retourna. Du papier jauni se détachaient des signes étranges serrés les uns contre les autres. Un message secret, à n'en pas douter !

Fébrilement, Caroline se mit à fouiller la corbeille à papier remplie de brouillons. Le voleur avait commencé à décrypter le message.

Un craquement la fit sursauter. Le vent dans les arbres ou une poutre vermoulue, tenta-t-elle de se persuader. Elle n'était pas très rassurée pour autant.

Que faire pour décoder le message ? Elle ne pouvait pas emporter le gros livre. Quelque part, une porte claqua. Caroline tressaillit. Dans sa précipitation, elle n'avait pas pensé que le voleur pouvait encore se trouver dans la villa. C'était même plus que probable !

Elle ramassa le message secret ainsi qu'un brouillon avec un mystérieux alphabet. Il fallait fuir à toutes jambes, et sûrement pas par le tunnel. Au besoin, mieux valait encore enfoncer une vitre. Tout à coup, Caroline eut le sentiment que quelqu'un l'observait. Elle frissonna. Et si le voleur était là, dans la pièce, à guetter ses moindres mouvements ? Elle se retourna et se figea d'effroi.

---------- QUESTION ----------
Qu'est-ce que Caroline vient de découvrir ?

GONFLÉ, LE RIDEAU !

Le rideau devant la fenêtre laissait dépasser les bouts d'une paire de chaussures d'homme. D'un coup d'œil, Caroline mesura la distance qui la séparait du couloir et de la porte vitrée de la véranda. Avec un peu de chance, elle pouvait échapper au voleur qui n'allait pas tarder à bondir sur elle. Mais après, comment franchir le mur du jardin ? Elle trouverait bien, chaque chose en son temps. Elle concentrait ses forces, prête à s'élancer.

C'est alors que le vent, s'introduisant par la fenêtre entrouverte, gonfla le rideau. Caroline faillit éclater de rire. En guise de voleur, il ne cachait qu'une paire de chaussures abandonnées.

Caroline se reprit, l'homme était sûrement tapi quelque part dans la villa. Elle tendit l'oreille mais n'entendit que les battements de son cœur. À pas de loup, elle traversa le couloir. Ses doigts tremblaient quand elle empoigna enfin la poignée de la porte de la véranda qui céda avec un grincement. Caroline bondit dehors.

L'échelle qu'elle avait aperçue tout à l'heure était toujours là. Elle la traîna jusqu'au mur, la redressa, monta les barreaux. Des cris de joie l'accueillirent de l'autre côté.

Tout le monde se réunit au « Sucrier ». Caroline livra le récit de son enquête. À l'aide de l'alphabet qu'elle avait dérobé, les Malice et Réglisse réussirent à décoder le message secret. Francis le transcrivit.

---QUESTION---

Quel est le contenu du message secret ?

....

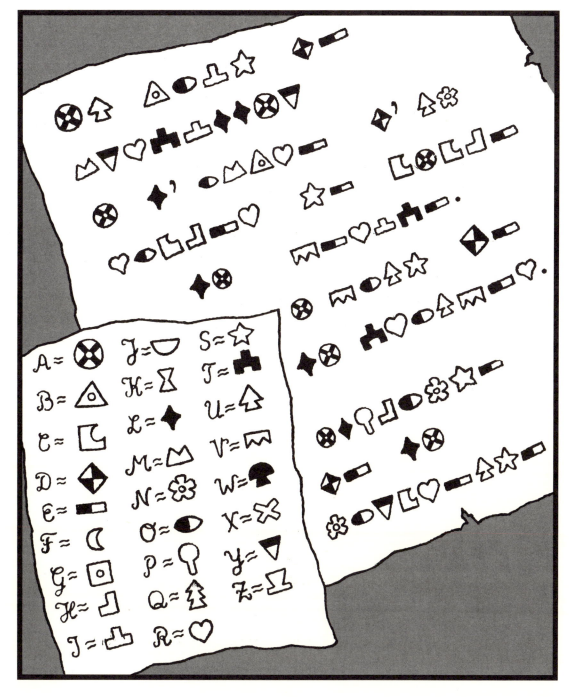

LES VERS DE LA NOYCREUSE

Enfin une piste ! Et un mystère de plus. Si les amis avaient réussi à décoder le message dissimulé dans le sceptre, ils n'en ignoraient pas moins sa signification. Francis relut le texte à voix haute :
– « Au bois de Myrtillay à l'ombre d'un rocher se cache la vérité. À vous de la trouver. Signé : Alphonse de La Noycreuse. »
Antoine arpentait le « Sucrier » en ayant soin d'éviter les poutres.
– Résumons, dit-il. Le professeur de La Noycreuse cache un message codé dans un sceptre qu'il lègue à sa gouvernante. Cette dernière revend l'objet qui sera volé peu après. À la question : « Où l'archéologue avait-il trouvé le sceptre ? » s'en ajoute maintenant une deuxième : « Quelle est cette vérité cachée qui semble tant intéresser le voleur ? » Vite, en voiture, tout le monde !
Le bois de Myrtillay était sombre et silencieux. Les Malice et Réglisse, en s'y enfonçant, prirent garde de rester groupés.
Après une heure de marche, ils débouchèrent dans une clairière où se dressait un rocher. Ils se mirent à fouiller les alentours, inspectant la moindre souche, le plus petit trou de mulot. Perché sur un sapin, Robinson s'amusait à imiter le cri d'un geai. Soudain, il poussa un sifflement perçant.
– J'ai trouvé, s'écria Valentin qui avait suivi le regard fixe de l'oiseau.

---QUESTION---
Qu'est-ce qui a frappé l'œil du cacatoès ?

LE SCEPTRE D'OR

35

UN JARDIN DE PIERRE

Un rayon de soleil venait de révéler une petite chose étincelante à même le sol, tout près du rocher. C'était un anneau de fer ! Valentin sortit sa loupe. Curieux ! Une partie de l'anneau brillait comme si elle avait été frottée récemment, l'autre était recouverte de rouille. D'ailleurs, de fines particules de rouille étaient incrustées à la surface de la pierre rugueuse à laquelle l'anneau était attaché. La pierre était nue, sans l'ombre d'une aiguille de pin, comme si elle venait d'être nettoyée. Francis complimenta Valentin d'un clin d'œil approbateur.
– Sésame, sésame, ouvre-toi ! s'exclama-t-il en tirant vigoureusement sur l'anneau qui fit basculer la lourde plaque de pierre.
Francis alluma sa lampe torche pour éclairer le trou qui venait de s'ouvrir devant eux. Des marches taillées dans la roche apparaissaient.
– Eh ben, y a plus qu'à, murmura-t-il. Attention, les amis, ça glisse !
Ils descendirent à la queue leu leu, précédés par Robinson qui semblait vouloir leur montrer le chemin. Virevoltant devant eux, il les amena à travers une galerie étroite jusqu'à une grotte semée de stalagmites. De grosses gouttes tombaient du plafond. Effarouchée par le faisceau de lumière de la lampe de Francis, une nuée de chauves-souris s'envola.
– Stop ! fit soudain Antoine. La grotte a été visitée. J'en ai la preuve !

QUESTION
De quelle preuve Antoine veut-il parler ?

ATCHOUM !

La preuve se trouvait au milieu d'un tas de pierres. En l'entourant précautionneusement d'un mouchoir en papier afin de ne pas effacer d'éventuelles empreintes digitales, l'inspecteur Antoine ramassa la lampe torche pour la glisser dans une pochette en plastique.
– Elle est encore tiède, ce qui voudrait dire que la personne qui…
Antoine se tut. Un hululement lugubre résonnait dans la grotte.
– C'est le fantôme du duc Ludovic qui réclame son sceptre, plaisanta Valentin pendant que la chair de poule lui montait jusqu'aux oreilles.
– Erreur, mon cher Val, déclara David. C'est le cri du hibou troglodyte qui niche dans les cavernes. Un oiseau rare dont les petits…
– Atchoum ! fit Francis en partant d'un éternuement magistral. Excusez-moi, mais cette grotte, elle ne me vaut rien et, en plus, je suis trempé comme une soupe, pas vous ? Atchoum !
– Chut ! dit Valentin. Vous entendez ? On dirait des gémissements.
– C'est ça, se moqua Caroline, le fantôme de Ludovic le Pleurnichard qui se serait cassé le gros orteil en trébuchant sur un caillou.
– Non, dit Antoine, Valentin a bien entendu. Quelqu'un en chair et en os se trouve en fort mauvaise posture. Regardez !

—— QUESTION ——
D'où proviennent les gémissements ?

UNE RENCONTRE INOPINÉE

Deux mains se cramponnaient au bord d'une crevasse, encadrant une tête ruisselant de sueur. D'un moment à l'autre, l'homme allait disparaître dans le gouffre. Il haletait, exténué.
– Pitié ! Au secours ! implorait-il. Ne me laissez pas tomber !
Antoine et Francis sortirent l'individu du précipice. Les Malice et Réglisse le reconnurent à son pantalon à carreaux. L'inspecteur Antoine lui passa une paire de menottes. L'homme ne lui était pas inconnu.
– Bernard Lairemite ! Quelle vilaine surprise ! Alors, à peine sorti de prison, vous replongez déjà ?
– Vous n'y êtes pas du tout, monsieur l'inspecteur, protesta Lairemite. C'est Paul le Pompon et sa petite amie qui ont monté le coup. Moi, j'ai fait semblant de marcher dans leur combine, le temps de retrouver le vrai… euh, le bon… euh… le bon chemin, je veux dire.
– Vous mentez comme vous respirez, Lairemite, et vous ne manquez vraiment pas d'air. Qu'êtes-vous venu faire dans cette grotte ?
– Je… je m'intéresse à la spéléologie, monsieur l'inspecteur.
– Eh bien, je veillerai à ce qu'on vous prépare une cellule au sous-sol.
– Vous n'avez aucune preuve contre moi, s'insurgea Lairemite.
– C'est ce qu'on va voir, répliqua Antoine.
– Je dirai même que c'est tout vu, renchérit Francis. Les enfants, vous voyez ce que je veux dire ?

---QUESTION---
Quel indice Francis vient-il de découvrir ?

LA VENGEANCE DU DUPE

C'est David qui grimpa en haut de la stalagmite pour retirer le paquet. Antoine l'ouvrit et, à la surprise générale, il en sortit un deuxième sceptre.
Au commissariat, Bernard Lairemite passa enfin aux aveux :
– C'est une histoire très compliquée, prévint-il. Comme vous l'ignorez peut-être, le professeur Alphonse de La Noycreuse est un lointain cousin du comte de T. et, comme lui, un descendant du duc Ludovic. Il y a vingt ans, le professeur, jaloux de son cousin qui possédait le sceptre, a chargé Paul le Pompon de le voler, en échange d'une forte somme d'argent. Paul a volé le sceptre et l'a remplacé par un faux fourni par La Noycreuse. Ce dernier, au lieu de le payer, a menacé de le dénoncer à la police. À la mort du comte de T., le sceptre est allé à son cousin, qui était le seul avec Paul à savoir que c'était un faux. Le vrai sceptre est orné d'un saphir gros comme un œuf de pigeon…
– Qui vaut très cher, commenta l'agent qui établissait le procès-verbal.
– Une fortune que Paul pensait récupérer après le décès du professeur.
– Et c'est vous qu'il a choisi comme complice pour effectuer le vol ?
– Oui… euh, c'est-à-dire non… euh, de toute façon, j'avais l'intention de le rendre à la police quand j'ai vu qu'il s'agissait de la copie.

---QUESTION---

Qu'est-ce qui distingue les deux sceptres ?

MAIN BASSE SUR LES JOYAUX

UN OISEAU DE MALHEUR

Le saphir qui ornait le vrai sceptre était serti verticalement, la fausse pierre en verre colorée et taillée était en revanche, à l'horizontale.
Paul le Pompon et sa compagne qui n'était autre que la guide de l'exposition furent arrêtés le jour même et rejoignirent Bernard Lairemite en détention provisoire, en attendant leur procès. Le directeur du musée tira les conséquences de son manque de vigilance et démissionna. Le journal local dédia un long article à l'affaire du sceptre de Ludovic et à l'exploit des Malice et Réglisse. Le maire leur offrit des billets pour *La Pie voleuse* qui allait se jouer au théâtre municipal.
Le soir de la première, David, Caroline et Valentin prirent place dans une loge au premier rang. La salle était comble. La lumière commençait à diminuer, les trois coups annonçant le début imminent du spectacle résonnaient. Les dernières conversations cessèrent, et tous les regards se tournèrent vers le grand rideau de velours rouge qui allait se lever d'un instant à l'autre. C'est au milieu de ce silence attentif qu'un cri retentit dans la salle. Des murmures inquiets s'élevèrent, le grand lustre se ralluma. Les trois amis cherchèrent à savoir d'où était venu le cri.
– C'est la femme en bleu, dit David. On dirait qu'elle s'est évanouie.

---QUESTION---

Où David a-t-il découvert la spectatrice mal en point ?

....

PLUS DE PEUR QUE DE MAL

– Suivez-moi ! murmura David en se précipitant dans le couloir.
Les trois amis arrivèrent au troisième balcon au moment où la dame en bleu recouvrait ses esprits. Une ouvreuse lui tendit un verre d'eau. La dame en but une gorgée puis, portant la main à son cou nu, poussa un cri étouffé aussitôt par les sanglots :
– Mon collier ! Tout ce qu'il me restait de ma grand-mère !
D'une voix tremblante, elle raconta comment elle avait senti une main lui serrer la gorge pendant qu'on lui arrachait son collier tant aimé.
Pendant que la direction du théâtre informait la police et priait les spectateurs de bien vouloir regagner leurs places, les Malice et Réglisse quittèrent le théâtre en trombe pour se mettre en chasse du coupable.
À quelques mètres de l'entrée seulement, ils rencontrèrent une vieille dame, livide de peur, qui se retenait à un mur. Un homme, sortant précipitamment du théâtre, l'avait bousculée, manquant la renverser.
Non, il ne lui avait rien volé, heureusement encore. Si elle pouvait le décrire ? Non, elle en était incapable, tout s'était produit si rapidement. Si elle voulait qu'ils la raccompagnent chez elle ?
– Merci, les enfants, ce n'est pas la peine, mais c'est très gentil à vous.
C'est Caroline qui débusqua ce qui pouvait bien être un premier indice.

---QUESTION---
De quoi le voleur du collier a-t-il voulu se débarrasser ?

UN RONFLEMENT SUSPECT

En fouillant la haie derrière la grille, les trois amis finirent par trouver le deuxième gant de la paire. C'étaient des gants de motard, flambant neufs. Comme d'habitude, Valentin ne cachait pas ses sentiments :
– Pour semer des indices comme ça, il faut vraiment pas être très futé.
– Ou bien alors, réfléchit David, il faut se sentir très sûr de soi.
– Ce qui serait une chance pour nous, lâcha Caroline, parce que c'est en étant trop sûr de lui qu'un voleur commet des imprudences.
En se tenant à l'abri des maisons et en marchant en file indienne, ils descendirent la rue sans un bruit. Alors qu'ils débouchaient par une des grandes arcades sur la place dédiée au célèbre philosophe et enfant de la ville, Silvain Étiray-Folboyre, Robinson redressa soudain sa crête et se mit à battre des ailes en guise d'alerte suprême. L'instant d'après, un ronflement de moteur troua le silence paisible de la place. Le bruit s'amplifiait, c'était celui d'une moto qui s'approchait en pétaradant. Un nuage passant devant la lune plongeait la place dans une obscurité quasi totale.
Brusquement, la lumière d'un phare inonda les façades, puis le noir retomba tandis que le bruit s'éloignait. Seule la lanterne de l'*Hôtel des Voyageurs* lançait une faible lueur.
– On ne le rattrapera pas, dit David, alors, retour au théâtre !

---QUESTION---
Qui les Malice et Réglisse ont-ils aperçu ?

ET DE DEUX !

C'est au moment où il passait devant l'*Hôtel des Voyageurs* que les trois amis avaient aperçu le motard. Sur le chemin du retour, ils se demandaient si, après tout, ils ne s'étaient pas trompés de piste.
– Ce n'est pas parce qu'on a trouvé une paire de gants de motard qu'il faut soupçonner la première personne passant sur une moto d'avoir volé le collier, dit Valentin. Franchement, ça ne tient pas la route.
L'entracte venait de commencer lorsqu'ils arrivèrent. C'était l'effervescence ! Pas un mot sur le spectacle. En revanche, les spectateurs commentaient vivement le vol du collier, les remarques indignées fusaient. L'œil aux aguets et l'oreille à l'affût, les Malice et Réglisse se glissèrent discrètement d'un groupe à l'autre, glanant au passage des bribes de conversation. « Scandaleux ! Inouï ! Extravagant ! Quelle époque, mes chers amis ! Où allons-nous, je vous le demande ! »
Caroline était dégoûtée. Ces gens se fichaient pas mal du chagrin de la dame à qui on avait dérobé le souvenir de sa grand-mère. Tout ce qui les intéressait, c'était de pouvoir s'égosiller à propos d'un incident non prévu au programme. Déjà, la sonnette annonçait la poursuite du spectacle. En sanglotant, une femme s'affala sur une chaise.
– Le voleur a encore frappé, chuchota David à l'oreille de Caroline.

—— QUESTION ——
Qu'a remarqué David ?

CAROLINE FULMINE

Plongés dans leurs discussions, les spectateurs n'y avaient vu que du feu et regagnaient sagement la salle pendant que le directeur du théâtre donnait l'ordre de boucler toutes les entrées. Le voleur venait de faire une deuxième victime en dérobant son bracelet à la dame en pâmoison.
– C'est en sortant des toilettes que je m'en suis aperçue, hoquetait-elle.
– On vous le retrouvera, madame, parole de Malice et Réglisse ! dit Valentin avant que David et Caroline ne l'entraînent brusquement.
– Mais qu'est-ce qui vous prend ? se rebiffa-t-il.
– Tais-toi et suis-nous ! lui signifia Caroline. Tu vois la petite porte au fond du foyer ? David a vu un homme s'y précipiter. Suspect, non ?
Valentin ne bougea pas d'un poil. Des pistes bidon, il en avait assez.
– C'est probablement un employé qui est allé vérifier quelque chose, objecta-t-il. Pas de quoi en faire toute une histoire.
– Alors, on se dégonfle ? ironisa David. Viens, Caro, on y va sans lui.
Piqué au vif, Valentin leur emboîta le pas. La porte menait au sous-sol. Des bruits de pas résonnaient au loin dans le couloir, puis, patatras ! un vacarme de tous les diables retentit. Dans le silence qui s'ensuivit, les trois amis débouchèrent dans une vaste salle qui abritait les décors.
– Trop tard ! fulmina Caroline, si vous voyez ce que je veux dire !

---QUESTION---
Qu'est-ce qui prouve que Caroline a raison ?

MAIN BASSE SUR LES JOYAUX

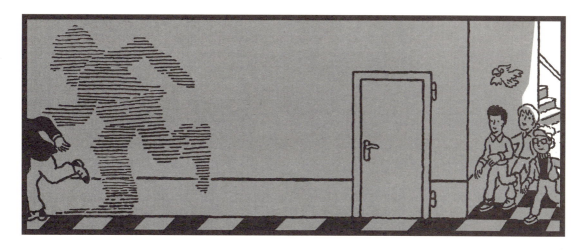

53

LES JUMELLES INDISCRÈTES

Un courant d'air fit claquer les battants de la fenêtre par laquelle l'inconnu s'était enfui. Et comme pour les narguer, les Malice et Réglisse percevaient le ronflement d'une moto qui démarrait. Plus de doute possible, leur première piste avait été la bonne, Valentin y consentit.

Après avoir filé avec le collier, le voleur était revenu sur les lieux. En s'introduisant par la fenêtre, il s'était mêlé à la foule pendant l'entracte, réussissant son deuxième coup de la soirée. Quel toupet !

Le lendemain soir, Francis et Antoine se rendirent à leur tour à la représentation de *La Pie voleuse*. Le spectacle débuta sans incident. Le personnel avait la consigne de ne laisser entrer aucun retardataire. Francis observait la salle à travers ses jumelles, Antoine s'en amusait :

– Arrête, Francis, tu es pire qu'un gamin ! Les gens commencent à te regarder. Tu penses bien qu'après son exploit d'hier, le voleur n'est pas prêt de remettre les pieds ici, parole d'inspecteur de police !

Francis rangea ses jumelles pour s'en servir quand même de nouveau à la fin du deuxième acte. En étouffant un juron, il les passa à son frère.

– Nom d'une pipe ! pesta l'inspecteur. Je n'aurais jamais cru !

– Il ne faut jamais jurer de rien, parole de marchand de bonbons !

---QUESTION---

Qu'est-ce que les jumelles viennent de leur révéler ?

DÉTOURNEMENT D'UNE RIVIÈRE À MAINS NUES

Dans une loge du deuxième balcon, une main soulageait d'un geste furtif une spectatrice de sa rivière de diamants ! Antoine et Francis bondirent de leurs sièges, se glissèrent, en demandant pardon à leurs voisins offusqués, jusqu'au bout de la rangée. À l'ouvreuse qui gardait la porte de la salle et qui refusait de les laisser sortir avant le signal de l'entracte, Antoine montra discrètement sa carte de police. Elle fit son effet. Les deux frères allèrent se poster au pied du grand escalier, un endroit stratégique, qui leur permettait d'observer tranquillement le flot des spectateurs qui commençait à se déverser vers le buffet.
– Quel coup de maître et quel sang-froid ! commenta Francis. La pauvre femme ne s'est rendu compte de rien.
– Tant mieux, ça évitera un nouveau scandale. Le tout, c'est d'arrêter le voleur avant qu'elle ne s'aperçoive de la perte de son collier.
– Je suis bien d'accord, mais pour pouvoir l'arrêter, il faudrait déjà réussir à le retrouver dans cette foule, soupira Francis, sceptique.
– Souviens-toi qu'on a un indice précieux, une marque indélébile ! Le voleur a commis une erreur grossière en opérant sans gants.
– Soit, mais s'il est futé, il garde sa main gauche dans sa poche.
– Il est moins futé que tu ne crois. C'est bien lui, là-bas, n'est-ce pas ?

QUESTION
Qu'est-ce qui permet à Antoine de reconnaître le voleur ?

....

LE CŒUR SUR LA MAIN ET LA POLICE AUX TROUSSES

L'homme qui semblait feuilleter le programme, appuyé contre la pile de l'escalier, n'était pas un simple spectateur ! Antoine et Francis reconnurent dans le miroir le cœur tatoué au dos de sa main gauche, celui-là même qu'ils avaient aperçu tout à l'heure sur la main du voleur alors qu'il dérobait à la spectatrice sa rivière de diamants.
– Allons-y en souplesse et avec discrétion ! murmura Antoine.
En feignant de discuter les mérites du spectacle, les deux frères s'approchèrent lentement du buffet, l'air de vouloir prendre un verre. Du coin de l'œil, ils observaient l'homme qui ne bougeait pas.
– Qu'est-ce que vous désirez, messieurs ? leur demanda la serveuse.
Profitant de ce moment de distraction, l'homme au cœur tatoué sur la main mit les bouts. Il se faufila entre les spectateurs et disparut derrière une petite porte. Antoine et Francis se mirent à ses trousses en s'en voulant. La porte au fond du foyer ! Mais bien sûr ! Les enfants leur en avaient parlé. Ils longèrent le couloir sombre, descendirent un dernier escalier pour se retrouver dans la réserve des décors. Sur ordre du directeur, la fenêtre avait été barricadée. Le voleur était piégé.
– Tu le vois ? chuchota Francis à Antoine qui fit oui de la tête.
– Il s'est débarrassé du collier avant de se cacher, ce qui est ennuyeux.

---QUESTION---
Où le voleur a-t-il déposé son butin ?

DAVID A L'ŒIL

— Si vous voulez bien vous donner la peine de quitter le coffre, monsieur, ordonna Antoine, pendant que Francis, grimpé sur une chaise, repêchait le collier qui était accroché au lustre.

L'homme fut emmené au commissariat pour une vérification d'identité et pour relever ses empreintes digitales. Il protesta de son innocence et nia farouchement d'être l'auteur des vols. En attendant les résultats du laboratoire, les policiers durent le relâcher.

Le lendemain matin, Francis et les Malice et Réglisse accompagnèrent Antoine, muni d'un mandat de perquisition, au domicile du suspect. Ils sonnèrent, en vain. La porte de l'appartement situé à l'entresol n'était pas fermée. Une odeur de café les accueillit, un bol fumant attendait sur la table. L'homme était-il descendu acheter du pain ? Peut-être. Toujours est-il qu'il préféra ne pas remonter chez lui. L'inspecteur passa l'appartement au peigne fin, les trois amis l'aidèrent à remettre les affaires à leur place.

Une heure plus tard, tout était fouillé. Aucune trace, hélas, des deux autres bijoux volés l'avant-veille.

— Espérons que le laboratoire trouvera les empreintes de notre homme sur le collier, sinon, il ne pourra pas être inculpé, soupira Antoine.

— On n'a pas cherché partout, déclara David à la surprise générale.

---QUESTION---
Où n'ont-ils pas encore regardé ?

VALENTIN A UNE TOUCHE

L'idée était astucieuse, l'inspecteur et ses assistants avaient failli se laisser abuser. Le grand secrétaire avait été placé devant une porte dont David avait aperçu l'encadrement. Ils vidèrent le meuble de ses tiroirs, puis Francis et Antoine l'écartèrent. La porte donnait sur un escalier en planches menant à une pièce en contrebas où étaient remisées pêle-mêle toutes sortes d'objets.
– Quel amas de vieilleries ! s'exclama Francis. Il y a largement de quoi monter une brocante. Et quelle poussière ! Atchoum ! J'attaque par la partie gauche, prenez l'autre coin, les enfants. Tiens, des crottes de souris ! Ça m'a l'air très habité ici.
Du haut de l'escalier, Antoine surveilla les recherches tout en gardant un œil sur l'appartement.
– Beurk ! des cafards ! Ça grouille de partout ! s'écria Caroline qui venait d'ouvrir un sac qui puait la pourriture.
– Vous avez vu ça ? s'exclama Valentin. « Confiture de framboises, juin 1980. » Vous croyez qu'elle est encore bonne ? J'essaie ?
– Viens plutôt nous aider à déplacer le coffre, l'invita David.
– C'est moi qui ai trouvé-é ! Le bracelet et le collier-er ! se mit à chantonner brusquement Valentin. Et je ne vous dirai pas où, na !

---QUESTION---

Où sont cachés les bijoux qui trahissent le voleur ?

RUÉE VERS L'OR

LA MAISON D'EN FACE

Dans le journal déplié sur la table du « Sucrier », il y avait tout un article consacré au dernier exploit des Malice et Réglisse. Il y avait même une photo de l'aquarium dans lequel ils avaient retrouvé les bijoux volés.
– Et voilà le travail ! conclut Valentin.
– Et si on allait s'offrir une glace, pour fêter ça ? proposa David.
– En avant toute ! s'exclama Valentin en attrapant sa veste.
Caroline, assise près de la fenêtre, restait étrangement silencieuse.
– C'est bizarre, dit-elle enfin, la maison d'en face, au numéro 20, a l'air complètement abandonnée.
David et Valentin s'approchèrent de la fenêtre à leur tour.
– Le numéro 20 ? demanda Valentin. Ça fait longtemps que je n'ai pas vu quelqu'un à l'intérieur…
– Doucement, les amis. On vient à peine de faire arrêter un voleur et vous êtes déjà en train de rouvrir une enquête. Vous ne préférez vraiment pas aller manger une glace ?
David finit par convaincre ses amis et ils se rendirent tous les trois au *Palais de la Glace*. Deux heures plus tard, en revenant au « Sucrier », ils avaient complètement oublié le mystère de la maison d'en face. Ce fut David qui relança l'enquête.
– Tiens, tiens, fit-il en collant son nez contre la vitre, on dirait bien que quelqu'un est passé au numéro 20 pendant notre absence.

―――――― QUESTION ――――――
Quelle trace de son passage le visiteur a-t-il laissée ?

....

VISITE ÉCLAIR

Pendant leur absence, quelqu'un avait brisé la petite fenêtre de la cave pour entrer dans la maison.
– Vous pensez que c'est un cambriolage ? demanda Valentin.
– Ça y ressemble drôlement, répondit David.
– Et si on allait voir ça de plus près ? proposa Caroline.
David et Valentin ne se firent pas prier : deux minutes plus tard, les Malice et Réglisse se trouvaient de l'autre côté de la rue. Caroline examinait la vitre cassée pendant qu'ils cherchaient des indices dans le jardin.
– Il n'y a pas de…
Caroline s'interrompit brusquement : quelqu'un criait dans la maison. N'écoutant que leur courage, les trois amis se précipitèrent à l'intérieur. Une vieille dame livide se tenait sur le seuil du salon où tout était sens dessus dessous. Les Malice et Réglisse se présentèrent pour ne pas l'inquiéter. Marguerite Veaudoux leur expliqua qu'elle était une amie de Mme Huguette Apent, qui l'avait chargée de veiller sur sa maison pendant son absence. Mme Veaudoux cherchait des yeux ce que le cambrioleur avait emporté.
– Il n'a pas pris de bibelots, pas de tableaux…
– Peut-être qu'il cherchait quelque chose de précis, suggéra Caroline.
– Oui, mais quoi ? demanda David.
– Je ne sais pas, fit Valentin, mais en tout cas, je peux vous assurer qu'il a trouvé ce qu'il cherchait. La cachette de Mme Apent ne lui a pas résisté.

---QUESTION---
De quelle cachette parle Valentin ?

BANDIT

Valentin avait repéré un coffre-fort vide derrière un tableau.
– Vous avez une idée de ce qui pouvait se trouver à l'intérieur ? demanda David à Mme Veaudoux.
– Pas la moindre. Je ne savais même pas qu'Huguette avait un coffre chez elle.
Elle soupira.
– Ne touchez à rien. Je vais lui téléphoner pour la prévenir, et ensuite, j'appellerai la police.
Elle sortit du salon et décrocha le téléphone dans la pièce voisine.
– Quelle pagaille, murmura Valentin. Peut-être qu'on pourrait l'aider à ranger.
– Oui, mais pour l'instant, il vaut mieux tout laisser en l'état en attendant la police, conseilla Caroline.
David essayait de calmer son oiseau qui cherchait à cacher sa tête sous son pull.
– Je ne sais pas ce qui se passe ici, mais Robinson est très nerveux ; on dirait qu'il a peur.
– Bandit ! Bandit !
La voix de Mme Veaudoux résonnait dans le couloir. Les Malice et Réglisse se précipitèrent vers elle, croyant tenir le cambrioleur, mais elle était toute seule.
– Vous n'avez pas vu Bandit ? demanda-t-elle.
Ils se regardèrent sans comprendre.
– C'est le chien d'Huguette, expliqua-t-elle. J'espère qu'il ne lui est rien arrivé. Bandit, où es-tu ? Bandit, viens ici…
– Ne vous inquiétez pas, dit David, je pense que Robinson l'a trouvé.

---QUESTION---
Où se cache Bandit ?

RUÉE VERS L'OR

TÉMOIN MUET

– Allez, Robinson, montre-nous où il est !
Robinson alla se poser prudemment sur le fauteuil qui avait été renversé près de la fenêtre. Bandit était caché juste derrière. Mme Veaudoux s'approcha doucement de lui pour le caresser.
– C'est moi, Bandit, n'aie plus peur.
Le petit chien sortit de sa cachette. Il tenait dans sa gueule un morceau de tissu rayé qu'il donna à Valentin.
– Qu'est-ce que c'est que ça ? demanda Caroline. Vous pensez que ça appartient au cambrioleur ?
– Je ne sais pas, répondit David, mais c'est tout ce que l'on a pour l'instant.
Les Malice et Réglisse confièrent le bout de tissu à la police qui leur apprit que le coffre contenait un lingot d'or.
– Un lingot d'or ! s'émerveillait encore Valentin sur le chemin du retour.
Les Malice et Réglisse étaient retournés chercher leurs affaires au « Sucrier » avant de rentrer chez eux.
– Il y a peu de chances que Mme Apent le récupère, fit remarquer David. Un morceau de tissu, c'est un peu maigre comme indice.
– Pas si on a le coup d'œil, lança Caroline en souriant.
Valentin et David suivirent son regard. Ils découvrirent rapidement ce qu'elle avait vu.
– Tu parles d'un voleur ! s'exclama Valentin. Il ne s'est même pas rendu compte que sa veste était déchirée !

———QUESTION———
Où se trouve le cambrioleur ?

RUÉE VERS L'OR

71

HEUREUX HASARD

Le cambrioleur que les Malice et Réglisse avaient repéré grâce à son étourderie se trouvait à quelques mètres à peine, un carton sur l'épaule. Ils s'étaient aussitôt lancés à sa poursuite, ce qui n'était pas facile car la rue était bondée à cette heure-ci. Ils gaspillèrent de précieuses secondes à cause d'un feu rouge et perdirent ainsi la trace du cambrioleur.
– C'est vraiment pas de chance, fit Valentin dépité, on le tenait presque !
– Dire que même Robinson l'a perdu de vue, soupira David.
Caroline essaya de les réconforter.
– De toute façon, il commence à se faire tard, il vaut mieux rentrer maintenant.
Déçus d'avoir manqué cette occasion en or de boucler une autre enquête, les trois amis prirent le chemin du retour en traînant les pieds. Ils arrivèrent bientôt rue du Demi-Tour, près des quais.
– Et si on allait voir *La Chauve-Souris mutante* demain, proposa David pour leur changer les idées.
– Mouais, marmonna Valentin.
– Sans façon, répondit Caroline. Demain, on a bien mieux à faire : je viens de retrouver la piste du cheval noir.

──── QUESTION ────
De quel cheval noir s'agit-il ?

AU FAR WEST

Caroline montra à ses amis l'affiche sur laquelle se trouvait exactement le même cheval noir que celui qu'ils avaient vu sur le carton que transportait le voleur un peu plus tôt. Il s'agissait d'une publicité pour un spectacle de plein air baptisé « Far West », qui devait se jouer pendant six semaines dans les anciennes carrières de la ville. Les Malice et Réglisse, heureux d'avoir finalement retrouvé la piste du cambrioleur, se séparèrent en se donnant rendez-vous pour le lendemain matin.

Après une bonne nuit de sommeil et un long trajet en autobus, les trois amis reprirent enfin leur enquête. Le spectacle n'était pas encore ouvert au public, mais ils eurent tout de même le droit de visiter les carrières où les acteurs étaient en pleine répétition. Chevaux, diligences et cow-boys envahissaient l'espace : on se serait vraiment cru au Far West.

– Comment est-ce qu'on va retrouver notre voleur là-dedans ? demanda David, découragé. On n'a même pas vu son visage !
– Sans compter qu'il est peut-être déguisé, renchérit Caroline.
– S'il est là, ce qui n'est pas sûr du tout, ajouta David.
– Si, c'est sûr, confirma Valentin. Et je peux même vous dire en quoi il est déguisé.

---QUESTION---
En quoi le cambrioleur est-il déguisé ?

LE MENTEUR

– C'est vraiment le monde à l'envers ! s'exclama Caroline quand elle vit que le voleur portait l'étoile du shérif.
– Heureusement pour nous qu'il ne s'est pas séparé de sa veste à carreaux, observa David.
Les Malice et Réglisse se faufilèrent parmi les acteurs, juste derrière le faux shérif. Ils le suivirent jusqu'à sa roulotte.
– Qu'est-ce que vous faites là ? aboya le voleur. Allez, ouste, sauvez-vous, sinon j'appelle la police !
– Quel culot ! rétorqua Caroline. Ce serait plutôt à nous d'appeler la police, vous ne croyez pas ?
– Qu'est-ce que vous insinuez par là ? demanda le cambrioleur, désagréablement surpris.
– Vous savez très bien ce que je veux dire !
– Non, pas du tout, coupa le voleur.
Valentin s'emporta à son tour.
– Ah oui ? Mme Apent, le lingot d'or, ça ne vous dit vraiment rien peut-être ?
– Rien du tout ! cria le voleur. Et je vous conseille de déguerpir vite fait avant que je me mette vraiment en colère.
– Vous mentez, dit calmement David. Vous le savez, et nous le savons aussi. Mais vous ne perdez rien pour attendre, cher monsieur.

───── QUESTION ─────
Comment David sait-il que le faux shérif ment ?

BRIC-À-BRAC

David avait remarqué le journal qui dépassait de la poche de la veste pendue au portemanteau.
– Vous n'avez pas lu l'article sur le lingot volé ? demanda David en désignant le journal.
– Quoi ? Quel article ? rugit le voleur. Et puis qu'est-ce que ça prouve ? Je n'ai pas le droit d'acheter le journal, peut-être ?
Il se leva d'un bond de son fauteuil et les menaça du poing.
– Filez d'ici avant que je vous mette une raclée ! hurla-t-il.
Il leur claqua la porte au nez. Les Malice et Réglisse n'insistèrent pas davantage et firent semblant de s'éloigner. Ils s'approchèrent ensuite à pas de loup d'une fenêtre de la roulotte. Le cambrioleur s'était rassis dans son fauteuil et leur tournait le dos. Les Malice et Réglisse scrutaient l'intérieur de la roulotte à la recherche d'un indice.
– Vous pensez que le lingot se trouve ici ? demanda Valentin.
– Peut-être, répondit Caroline. Vous avez vu la grosse sacoche juste en face ?
– Et la petite, dans le buffet, indiqua Valentin.
– Malheureusement, ça, on ne peut pas le vérifier, fit remarquer David, mais on sait au moins comment s'appelle notre voleur.

---QUESTION---
Comment s'appelle le cambrioleur ?

LA LOGEUSE

Sur la table de la roulotte, il y avait une enveloppe adressée à M. Philémon Tenlère. Valentin nota soigneusement l'adresse sur son calepin et les Malice et Réglisse décidèrent de profiter de ce que Tenlère soit dans sa roulotte pour se rendre chez lui en son absence.
Une heure plus tard, ils sonnaient à la porte de son appartement.
À leur grande surprise, une vieille dame très coquette vint leur ouvrir.
– Bonjour, madame, nous aurions aimé voir M. Tenlère, demanda poliment David.
– Je suis désolée, mais il n'est pas là pour le moment.
– C'est votre fils, risqua Caroline.
– Oh, non, répondit la vieille dame en riant. Il loue seulement une chambre ici. Mais cela fait bien trois semaines qu'il n'est pas venu.
Elle s'interrompit en apercevant Robinson.
– Dites-moi, vous ne seriez pas les célèbres Malice et Réglisse ? Je suis sûre de vous avoir vus dans le journal.
Les trois amis rougirent.
– Mon locataire n'a rien fait de mal, j'espère, dit-elle en fronçant les sourcils.
– Si vous pouviez nous montrer sa chambre… se contenta de répondre David.
– Malheureusement, c'est lui qui en conserve la clef.
Pendant qu'elle s'excusait de ne pas pouvoir les aider, Caroline en profita pour jeter un œil à la chambre en question par le trou de la serrure. Elle vit tout de suite que Tenlère était passé récemment.

―――――― QUESTION ――――――
Comment Caroline sait-elle que Tenlère est venu ?

LES CHERCHEURS D'OR

Sur la table de nuit se trouvait un beau bouquet de roses. Des fleurs qui seraient restées dans un vase trois semaines auraient déjà fané depuis longtemps : Tenlère était donc repassé chez lui entre-temps.
Les Malice et Réglisse décidèrent de prévenir Francis et Antoine le plus rapidement possible. Ces derniers proposèrent aussitôt d'aller demander un mandat de perquisition pour pouvoir fouiller la chambre et la roulotte de Tenlère. Pendant ce temps, Valentin, David et Caroline devaient retourner aux carrières pour le surveiller. Manque de chance, quand ils arrivèrent, ils trouvèrent la roulotte fermée à clef : Tenlère était sorti. Les trois amis allèrent donc se mêler à la foule des acteurs à la recherche de Tenlère. Ils finirent par le trouver près de la banque. Pour ne pas se faire remarquer, ils se cachèrent derrière un chariot.
– Zut, chuchota Caroline, on dirait qu'il vient droit sur nous !
– Baissez-vous ! commanda Valentin.
– Vous croyez qu'il nous a vus ?
– Non, Caro. Ce n'est pas nous qu'il vient chercher, expliqua David, c'est le lingot.
– Le lingot ! s'exclama Valentin. Tu l'as retrouvé ?
– Chut ! Il arrive !

---QUESTION---
Comment David a-t-il retrouvé le lingot ?

RUÉE VERS L'OR

ROBINSON À LA RESCOUSSE

Une fois que Tenlère se fut éloigné, David expliqua à ses amis comment il avait découvert le lingot.
– Sur le chariot, il y avait un sac avec les initiales H.A.
– Et alors ? demanda Valentin, apparemment déçu.
– H.A., ça ne te dit rien ?
– Huguette Apent ! s'exclama Caroline.
– Il faut absolument qu'on retrouve le lingot, c'est notre seule preuve contre Tenlère, dit Valentin en le cherchant des yeux.
– Oh, non ! Il a encore disparu !
La foule d'acteurs et de chevaux leur masquait la vue. Ils allaient de nouveau se lancer à la poursuite du voleur lorsqu'ils virent Antoine et Francis qui arrivaient enfin avec un mandat de perquisition. David les mit rapidement au courant de ce qui s'était passé, et ils décidèrent de se séparer en deux groupes pour avoir plus de chances de retrouver le voleur.
Caroline, David et Valentin avaient tant de mal à chercher Tenlère dans la foule qu'ils finirent par charger Robinson de le retrouver. Le cacatoès ne se fit pas prier et se mit aussitôt à survoler la foule. Au bout de quelques minutes, il signala qu'il l'avait trouvé en traçant de petits cercles dans l'air.
– Vous le voyez, vous ?
– Là-bas ! montra Valentin.

—QUESTION—
Où est Tenlère ?

RUÉE VERS L'OR

FAUSSE PISTE

Les trois amis rappelèrent Antoine et Francis et se dépêchèrent de rejoindre Robinson. Il s'était posé sur un toit, juste au-dessus de Tenlère qui était monté à cheval après avoir attaché le sac aux initiales H.A. à sa selle. Les Malice et Réglisse approchèrent le plus discrètement possible, mais Tenlère finit par les découvrir et lança son cheval au galop.
Ils se lancèrent à sa poursuite, mais le voleur gagnait rapidement du terrain. Les premiers visiteurs qui commençaient à arriver se demandèrent si cette drôle de course-poursuite faisait partie du spectacle qui ne devait normalement commencer qu'une heure plus tard. Heureusement pour les Malice et Réglisse, la foule, de plus en plus dense, finit par gêner la course de Tenlère dont le cheval marchait maintenant au pas. Ils arrivèrent enfin à le rejoindre en jouant un peu des coudes, mais quand ils se trouvèrent auprès de lui, ils découvrirent un Tenlère très calme et très sûr de lui. Le sac n'était plus pendu à sa selle.
– Tiens, encore vous ! dit-il d'un air méprisant. Vous cherchez quelque chose ?
Les Malice et Réglisse durent se rendre à l'évidence : Tenlère avait réussi à se débarrasser du sac.
– Où a-t-il bien pu le cacher ? se lamentait Caroline.
– Peut-être qu'il a un complice, suggéra Antoine.
– Peut-être bien, acquiesça Francis, et peut-être même que je l'ai trouvé.

—— QUESTION ——
Où se trouve le complice de Tenlère ?

L'ENVERS DU DÉCOR

Francis avait aperçu le complice juste avant qu'il ne sorte de la ville et se dirige vers les falaises, le sac à la ceinture. L'inconnu avait profité de ce que les Malice et Réglisse discutent avec Tenlère pour filer avec le lingot.
Les Malice et Réglisse se mirent à courir derrière lui, mais il avait pris beaucoup d'avance. David, qui était le plus rapide, réussit presque à le rattraper, mais il trébucha juste au moment où il arrivait à sa hauteur. Quand les autres le rejoignirent, le complice avait disparu.
– Tu t'es fait mal ? demanda Caroline en l'aidant à se relever.
– Non, fit David avec une petite grimace, ça va à peu près.
Ils poursuivirent leur route jusqu'à une intersection.
– Tu as pu voir par où il est parti ?
– Non, répondit David, mais j'ai remarqué qu'il n'avait que trois doigts à la main gauche.
– Ça ne nous sert pas à grand-chose, soupira Valentin.
– Pas pour l'instant, avoua David.
Les Malice et Réglisse décidèrent une nouvelle fois de se séparer pour poursuivre le complice, lorsqu'Antoine annonça que ce n'était pas la peine.
– Je sais par où il est passé. Suivez-moi !

---QUESTION---

Comment Antoine a-t-il retrouvé la trace du complice ?

CUL-DE-SAC

Dans sa course, le complice de Tenlère avait perdu l'un des accessoires de son déguisement, un revolver qu'Antoine avait découvert au bord du chemin qui partait sur la gauche.
La piste qui passait entre deux falaises était assez longue et étroite, ce qui obligea les Malice et Réglisse à se faufiler en file indienne. Ils finirent par déboucher dans une espèce de cul-de-sac plus large. La piste s'arrêtait net, coupée par un éboulis de pierre. Les Malice et Réglisse cherchèrent par où l'homme qu'ils poursuivaient avait pu fuir, mais ils eurent beau regarder partout, ils ne le découvrirent pas.
– Il ne s'est tout de même pas volatilisé, s'étonnait Francis.
David envoya Robinson voler au-dessus des rochers, mais celui-ci ne vit pas non plus par où le complice était parti.
Antoine proposa de rebrousser chemin, lorsqu'il entendit Caroline appeler derrière un rocher.
– Par ici !
– Tu l'as retrouvé ? demandèrent les autres, stupéfaits.
– Non, je pense qu'il est déjà loin, mais ce dont je suis sûre, c'est qu'il s'est changé avant de partir.

―― QUESTION ――
Qu'a découvert Caroline ?

À LA RECHERCHE DE CENDRILLON

Caroline avait retrouvé une des chaussures du fugitif.
– Je ne pense pas qu'il soit parti pieds nus, dit-elle. Je crois qu'il s'est changé pour mieux nous échapper.
Caroline ne tarda d'ailleurs pas à trouver le reste des vêtements, roulés en boule sous une grosse pierre.
– Il a dû provoquer l'éboulement pour bloquer la piste, conclut Francis.
– Et il est certainement retourné se cacher dans la foule, ajouta Valentin.
Les Malice et Réglisse firent demi-tour pour redescendre vers le village où le spectacle allait bientôt commencer.
– Comment est-ce qu'on va pouvoir le retrouver là-dedans ? On ne sait même pas en quoi il est déguisé !
– C'est vrai, Caro, mais n'oublie pas qu'il a un signe très particulier, rappela David.
Les Malice et Réglisse eurent beau ouvrir l'œil, ils ne parvinrent pas à remettre la main sur le complice.
– Peut-être que je me suis trompé et qu'il n'est pas revenu au village, s'excusa Valentin tout penaud.
Francis le rassura aussitôt.
– Non, tu avais tout à fait raison, il est bien là.

―――― QUESTION ――――
En quoi le complice est-il déguisé ?

LA FEMME À BARBE

– Tu parles d'un déguisement ! s'exclama Valentin. Il a peut-être eu le temps de se déguiser, mais pas de se raser !

Le complice de Tenlère s'était déguisé en femme et tenait un panier à la main, dans lequel il avait placé le sac au lingot. Dès qu'il vit qu'il avait été repéré, l'homme aux trois doigts prit ses jambes à son cou. Une fois de plus, les Malice et Réglisse se lancèrent à ses trousses. L'homme avait beau courir de toutes ses forces, sa robe le gênait terriblement et le ralentissait visiblement. Il eut tout juste le temps de franchir les portes du saloon avant que les Malice et Réglisse n'entrent à leur tour.

Le saloon était en pleine effervescence : le spectacle avait commencé. Les Malice et Réglisse firent rapidement le tour de la pièce, mais l'homme aux trois doigts ne s'y trouvait pas.

– Décidément, c'est l'homme invisible ! s'exclama Caroline. Où est-ce qu'il est encore passé ?

David et Valentin firent le guet à l'extérieur pendant que Francis, Antoine et Caroline fouillaient les moindres recoins du saloon. Ce fut Antoine qui finit par le découvrir.

QUESTION
Comment Antoine a-t-il retrouvé l'homme aux trois doigts ?

FIN DU SPECTACLE

L'homme aux trois doigts avait malencontreusement refermé la porte du placard dans lequel il s'était réfugié sur un pan de sa robe. Antoine avait remarqué les dentelles qui dépassaient sous la porte.
– Rendez-vous, vous êtes cerné ! ordonna Antoine en sortant son arme de service.
L'homme sortit de son placard les mains en l'air, dans le plus grand silence. Tout le monde s'était tu dans la salle, impressionné par cet épisode imprévu dans le spectacle.
L'homme aux trois doigts se laissa passer les menottes en clamant son innocence. Antoine eut beau fouiller le placard, il ne parvint pas à retrouver le sac qui contenait le lingot.
Le spectacle reprit peu à peu dans la salle.
– Je suis pourtant sûr qu'il l'avait encore dans le saloon.
Antoine confia à ses amis le soin de retrouver le lingot pendant qu'il emmenait le complice de Tenlère. Caroline finit par le découvrir dans une drôle de cachette, et c'est ainsi que s'acheva cette enquête au Far West.

—QUESTION—
Où est caché le lingot ?

LE TRICHEUR

LE MORT VIVANT

L'homme aux trois doigts avait dissimulé le sac sous le couvercle du piano, avant de se cacher dans le placard. Le lingot se trouvait bien à l'intérieur du sac, ce qui permit de prouver la culpabilité de Philémon Tenlère et de son complice.
Quelques semaines plus tard, au « Sucrier », David, Caroline et Valentin commençaient à s'ennuyer. Ils faisaient leurs devoirs lorsque Robinson leur apporta le journal.
– Tu l'as encore volé à Francis, gronda gentiment David.
Robinson lui mordilla affectueusement le bout des doigts.
– Tiens ! fit Caroline en prenant le journal. Un article sur Oscaro Pick !
– Qui c'est ? demanda Valentin.
– Un homme qui passe son temps à tricher au jeu dans les casinos, expliqua David.
– On n'a jamais pu le prouver, rappela Caroline.
– Et alors, on l'a arrêté ?
– Non, répondit Caroline qui parcourait l'article. Il est mort.
– Fais voir !
Elle passa l'article à Valentin.
– Encore un qui emporte son secret dans la tombe, conclut David.
– À condition qu'il soit vraiment mort, nuança Valentin.

---QUESTION---
Pourquoi Valentin doute-t-il de la mort d'Oscaro Pick ?

LE TRICHEUR

L'ENTERREMENT

Valentin expliqua à ses amis ce qui le faisait douter de la mort de Pick.
– Le journal est daté du 5, la photo du casino du 4 et Pick serait mort le 2.
– Oui, eh bien ? demanda Caroline qui s'impatientait.
– Eh bien s'il est bien mort le 2, je ne vois pas comment il peut se trouver à côté du casino le 4 !
David lui prit le journal des mains. Pick se trouvait bien sur la photo, juste à droite du casino.
– Et si on allait vérifier tout ça par nous-mêmes ? proposa Caroline.
Deux jours plus tard, les Malice et Réglisse se rendirent donc au cimetière pour tenter de savoir si Pick allait vraiment être enterré. En tout cas, la tombe avait bien été creusée. Comme ils étaient un peu en avance, les trois amis décidèrent de se promener dans les allées du cimetière avant de revenir.
Peu avant la cérémonie, ils s'installèrent alors à l'abri pour pouvoir voir sans être vus. Le cortège arriva enfin. Il n'y avait pas beaucoup de monde pour accompagner Pick à sa dernière demeure.
– Vous croyez que Pick est dans le cercueil ? demanda Caroline.
– Vu comment les hommes qui le portent ont l'air de peiner, il ne doit pas être vide en tout cas, constata Valentin.
– Je crois que je sais pourquoi il est si lourd, annonça David.

―QUESTION―
Qu'y a-t-il dans le cercueil ?

LE TRICHEUR

101

LE REVENANT

Quand ils étaient venus repérer les lieux, David avait remarqué un gros tas de briques près de la chapelle. Or, les briques n'étaient plus là au moment de l'enterrement. Quelqu'un les avait donc vraisemblablement placées dans le cercueil afin de faire croire que le corps d'Oscaro Pick s'y trouvait bien.
– Pour que quelqu'un aille jusqu'à essayer de passer pour mort, il faut tout de même qu'il ait une sacrée bonne raison de le faire, commenta Valentin.
– Oui, mais laquelle ?
Caroline et Valentin n'étaient pas plus avancés que David. Toute cette histoire leur paraissait vraiment saugrenue.
L'enterrement terminé, ils attendirent encore de longues minutes que la voie soit libre avant de sortir de leur cachette. Ils voulaient à tout prix avertir Francis et Antoine de cette drôle d'histoire et se dirigèrent vers la sortie du cimetière.
– Vous vous rendez compte ? jubilait David, enchanté par cette nouvelle enquête si mystérieuse. Un mort qui n'en est pas un, un…
– Chut ! coupa Caroline. Pas si fort ! Quelqu'un nous espionne.

QUESTION
Comment Caroline sait-elle qu'on les observe ?

FAUSSE ALERTE

Caroline indiqua discrètement une des fenêtres de la vieille remise du cimetière. David et Valentin aperçurent brièvement le visage d'un homme qui les épiait. Les Malice et Réglisse firent le tour de la remise pour essayer de surprendre celui qui les observait, mais celui-ci avait dû comprendre qu'il était découvert et avait précipitamment quitté les lieux.

– De plus en plus bizarre, cette histoire, glissa David en entrant dans la remise déserte.

Les trois amis se mirent à fouiller la remise pour essayer d'apprendre qui avait bien pu les espionner, mais ils ne trouvèrent rien d'intéressant dans ce désordre. Soudain, Robinson poussa un petit cri. Les Malice et Réglisse se cachèrent comme ils purent dans un coin de la pièce. Robinson, lui, alla se percher sur une poutre.

– Fausse alerte, annonça Caroline. Robinson s'est juste trouvé de nouveaux amis.

De jeunes oisillons s'étaient réveillés dans leur nid et piaillaient pour avoir à manger.

– Je n'aime pas du tout cet endroit, avoua Valentin. Et si on sortait d'ici ?
– On n'a encore rien trouvé, rappela Caroline.
– Si ! rectifia David. J'ai bien l'impression que c'est Pick lui-même qui nous épiait tout à l'heure.

———— QUESTION ————
Quel indice David a-t-il découvert ?

LA DAME DE PIQUE

David avait ramassé un morceau de papier sur lequel était écrit le nom de Pick. C'était apparemment un coupon-repas pour un dîner à *La Dame de Pique*.
– *La Dame de Pique*… murmura Francis, une fois les Malice et Réglisse réunis au « Sucrier ».
– Ce n'est pas ce club de jeu, rue des Rois ?
– Si, et ce n'est pas le mieux fréquenté, compléta Antoine.
– D'après ce que vous nous avez raconté, reprit Francis, ce doit être l'endroit idéal pour poursuivre l'enquête.
Les Malice et Réglisse se rendirent donc tous ensemble à *La Dame de Pique*, à la tombée de la nuit.
– Vous, vous restez dehors, conseilla Antoine. C'est interdit aux mineurs ici.
– Vous pouvez regarder par la fenêtre, concéda Francis, mais soyez discrets !
Caroline, David et Valentin allèrent se placer derrière l'une des fenêtres pendant qu'Antoine et Francis entraient dans le club. Il y avait beaucoup de joueurs, mais on était loin de l'endroit mal famé que s'étaient imaginé les trois amis.
– Ils m'ont tous l'air honnête, commenta David, comme déçu.
– Pas tous, rectifia Valentin. Je peux t'assurer qu'il y en a qui trichent.

―――― QUESTION ――――
Quel tricheur Valentin a-t-il repéré ?

BOTTE SECRÈTE

Il s'agissait bien sûr de la femme qui avait caché l'as de pique dans sa botte gauche. Valentin fit un signe à Francis et Antoine pour leur indiquer la tricheuse. Ils restèrent ensuite à discuter au bar, comme si de rien n'était. Dehors, les trois amis commençaient à se lasser. Cela faisait près d'une heure qu'ils attendaient, lorsque, d'un seul coup, la tricheuse se leva, demanda ses gains et sortit précipitamment. Antoine et Francis payèrent rapidement l'addition avant de sortir à leur tour. Les Malice et Réglisse se mirent alors à suivre la tricheuse, tout en prenant soin de laisser suffisamment de distance entre eux pour ne pas se faire repérer.
– J'ai l'impression de l'avoir déjà vue quelque part, cette femme, marmonna Caroline.
– Mais bien sûr ! s'exclama Valentin qui avait eu la même impression. Elle était à l'enterrement, tout à l'heure !
– Elle n'a pas l'air d'avoir trop de chagrin, observa Francis.
– C'est qu'elle doit être dans le coup, conclut David.
Ils arrivèrent bientôt à un grand carrefour, mais la femme qu'ils suivaient avait disparu. Francis et les trois enfants se mirent à courir pour essayer de la retrouver.
– Vous ne la rattraperez pas par là, expliqua Antoine. Elle a pris trop d'avance.

QUESTION
Comment Antoine a-t-il retrouvé la tricheuse ?

TOUT JUSTE

– Suivez-moi ! Je connais un raccourci.

Antoine se lança à toute allure dans une petite rue sans prendre le temps d'expliquer qu'il avait vu la tricheuse monter dans une camionnette, après avoir posé ses bottes à l'arrière. Les Malice et Réglisse arrivèrent à bout de souffle dans la grande avenue où Antoine pensait pouvoir la rattraper. La camionnette leur passa juste sous le nez et fila avant qu'ils n'aient eu le temps de réagir.

– Trop tard ! Et pas moyen de savoir où elle va, soupira Caroline.

– Si, il y en a un, mais on ne peut plus rien faire pour ce soir, dit Antoine.

Il promit de chercher, grâce à la plaque d'immatriculation qu'il avait mémorisée, l'adresse du propriétaire de la camionnette.

– Avec un peu de chance, on devrait la retrouver, avait-il conclu avant de leur donner rendez-vous pour le lendemain matin.

Grâce au fichier de la police, Antoine avait réussi à trouver une adresse, un peu en dehors de la ville. C'est ainsi que les Malice et Réglisse se retrouvèrent le lendemain en rase campagne, devant un vieux moulin à vent.

– Pas de camionnette, pas de bottes, pas de tricheuse, ça sent la fausse piste. Tu es sûr que c'est là ? demanda Valentin.

– Sûr et certain, confirma Antoine.

---QUESTION---

Pourquoi Antoine en est-il si sûr ?

SENS DESSUS DESSOUS

Antoine avait bien sûr reconnu la plaque d'immatriculation qui se trouvait, non plus sur la camionnette, mais sur un petit tracteur.
– Non seulement elle triche aux cartes, mais en plus, elle trafique des plaques d'immatriculation, commenta David en approchant du moulin.
Avant d'entrer, les Malice et Réglisse vérifièrent prudemment que personne ne se trouvait à l'intérieur.
– Notre tricheuse s'est envolée, soupira Caroline. Espérons qu'elle nous aura au moins laissé un indice quelconque pour la retrouver.
– Espérons, reprit Antoine en leur faisant signe de se dépêcher.
Les Malice et Réglisse examinèrent le moulin de fond en comble. Pendant qu'Antoine fouillait les grands sacs de grain, Francis cherchait à retrouver des objets appartenant à la tricheuse et David, Caroline et Valentin retournaient, inspectaient et replaçaient soigneusement tout ce qu'ils trouvaient.
Toujours rien.
Valentin proposa à ses amis de monter tout en haut du moulin pour avoir une meilleure vue d'ensemble, et ils se mirent à gravir l'échelle l'un après l'autre. Ce fut David qui découvrit le premier un indice intéressant.

---QUESTION---
Qu'a découvert David ?

LE TRICHEUR

113

9

LA CARTE TRUQUÉE

David avait aperçu une carte posée derrière une poutre. C'était un valet de trèfle. Il descendit fièrement la montrer à Antoine et Francis, qui venait lui aussi de mettre la main sur un objet intéressant. Il s'agissait d'un vieux sac de voyage, qui, outre un peigne et une cannette vide, contenait un jeu complet de cartes. Le dos des cartes était exactement du même motif que celle que David venait de trouver.
– Il ne manquerait pas le valet de trèfle, par hasard ? demanda David.
– Je ne pense pas, répondit Francis. Je les ai toutes comptées et il y en a exactement trente-deux.
Surpris, David chercha lui-même dans le paquet où il trouva un autre valet de trèfle.
– La tienne doit provenir d'un autre jeu, David, suggéra Caroline. À moins que...
Elle prit les deux valets de trèfle et les retourna face contre la table. Le dos des deux cartes était parfaitement identique. Elle les retourna de nouveau et les observa un court instant.
– Ce sont bien les mêmes, mais elles ne sont pas pareilles. L'une de ces cartes est truquée.

QUESTION
Qu'est-ce qui différencie les deux cartes ?

MOINS UNE

En observant attentivement les deux cartes, Caroline avait remarqué que, sur l'une d'elles, le valet portait son anneau au médius, et sur l'autre, à l'annulaire.
– Joli coup d'œil, admira Antoine.
– Plus tard, les compliments ! souffla Valentin en les pressant vers l'échelle. Il y a quelqu'un qui arrive !
Les Malice et Réglisse entendirent effectivement le bruit d'un moteur approcher. Ils gravirent l'échelle à toute vitesse en espérant qu'on ne les découvrirait pas en haut.
Peu après, un homme et une femme entraient dans le moulin.
– Bingo ! murmura David. Voici la veuve joyeuse et le mort vivant !
Francis lui fit signe de se taire.
Certes, Antoine aurait pu arrêter le couple de tricheurs sur-le-champ, mais il préférait essayer de découvrir ce qu'ils manigançaient.
Le moulin restait étrangement silencieux et les Malice et Réglisse commencèrent à croire qu'on avait découvert leur présence, lorsqu'un bruit les fit sursauter.
– Qu'est-ce que c'est ? cria Pick.
Les Malice et Réglisse retenaient leur souffle.
– Ce n'est rien, mon chéri, c'est sûrement encore Gros Yeux.
– Encore un complice ? frémit Caroline.
– Pas vraiment, fit Valentin en souriant.

— QUESTION —
Qui est Gros Yeux ?

CASSE-TÊTE

Gros Yeux était le surnom d'une chouette qui venait d'entrer dans le moulin par un carreau cassé et qui regardait maintenant Robinson avec curiosité. Elle se rapprocha doucement et vint se frotter contre lui. Il bomba le torse pour faire le beau.

– Robinson, ce n'est vraiment pas le moment, gronda David qui avait peur que les ébats des deux oiseaux ne finissent par les faire découvrir.

Heureusement, les comparses étaient pour l'instant trop occupés pour faire attention à ce qui se passait en haut. Oscaro Pick avait sorti de sa poche deux papiers qu'il tendit à sa complice.

– Demain, 16 heures ! Tu vois où c'est ? Bien, alors ce n'est pas la peine que tu les gardes avec toi.

Pick laissa les deux papiers sur la table et quitta le moulin, aussitôt suivi de sa complice.

Avant de partir à leur tour, les Malice et Réglisse eurent soin de récupérer les deux papiers. Le plus petit des deux représentait quatre points et une croix, tandis que l'autre ressemblait plutôt à une carte tracée à la main, sauf qu'elle ne comportait aucun nom.

– Quel casse-tête ! se réjouit Francis. Confiez-moi les papiers et je vous trouverai le lieu du rendez-vous.

---QUESTION---
Où doivent se retrouver les tricheurs ?

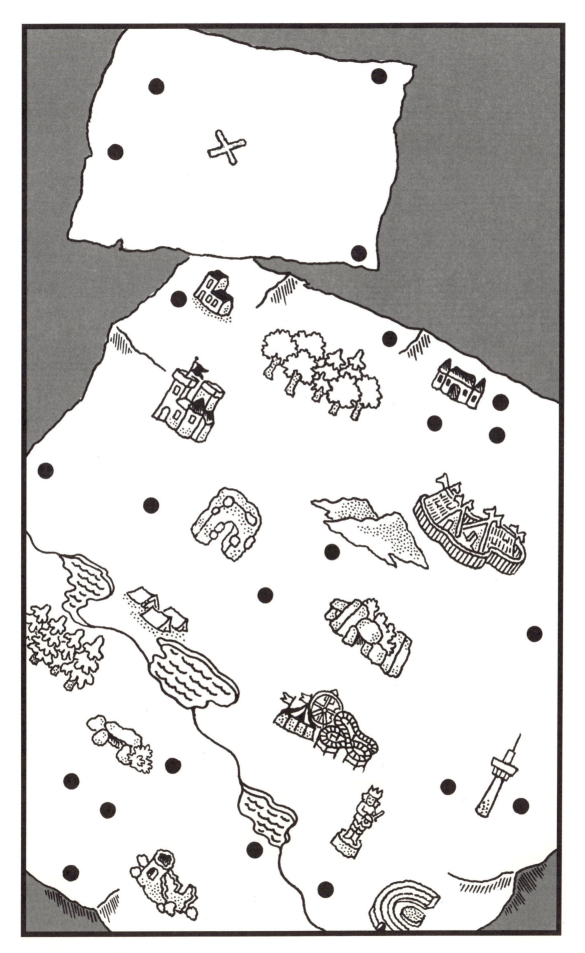

QUITTE OU DOUBLE

Francis y passa la nuit, mais il finit par déterminer l'endroit où les tricheurs devaient se retrouver. D'abord, il eut l'idée de superposer les deux cartes afin de faire coïncider les points. En transparence, la croix indiquait un endroit situé entre des carrières et la tour de la télévision, juste au-dessus du parc d'attractions. Ensuite en consultant les cartes de la région, il put trouver le lieu précis du rendez-vous : il s'agissait d'une ancienne mine reconvertie en « Temple de l'illusion ».

Les Malice et Réglisse étaient ravis d'aller mener l'enquête dans ce lieu étrange et étonnant où des projecteurs habilement dissimulés faisaient apparaître dans l'obscurité des images sur les colonnes et les parois de la mine. Ils en perdirent presque de vue ce pour quoi ils étaient venus, lorsqu'ils entendirent distinctement quelqu'un courir.

– Rendez-vous, Pick, je sais que vous êtes là ! commanda Antoine qui avait reconnu l'ombre du tricheur.

Pick était coincé : il n'y avait qu'une sortie dans la mine. Il décida de se rendre sans résistance.

– Et votre complice ?

Pick fit l'étonné.

– Quelle complice ?

– Celle-là ! répondit David en la montrant du doigt.

---QUESTION---
Où est cachée la complice de Pick ?

LA CLEF DE L'ÉNIGME

La complice de Pick avait tenté de se dissimuler derrière les grosses pierres du fond, mais David avait pu voir son visage. Elle fut obligée de se rendre à son tour. Elle essaya bien de se débarrasser de deux petits sacs qu'elle tenait à la main, mais Caroline l'en empêcha. Ils contenaient chacun une grosse somme d'argent.

Les deux comparses menottés, l'enquête semblait devoir s'arrêter là, mais Pick eut un geste brusque, qu'Antoine prit d'abord pour un mouvement de colère. En fait, Pick avait lui aussi voulu se défaire d'un objet, si petit que les Malice et Réglisse n'avaient pas vu de quoi il s'agissait. Il atterrit avec un petit bruit métallique.

– C'est le moment de chercher l'aiguille dans la botte de foin, annonça Antoine, parce que cela m'étonnerait fort que notre ami Pick nous apprenne ce qu'il vient de jeter.

David et Caroline se voyaient déjà retourner toute la mine, mais Valentin les rassura tout de suite.

– Ne vous inquiétez pas, je l'ai !

---QUESTION---

De quoi Pick a-t-il voulu à se débarrasser ?

DERNIERS ATOUTS

Valentin tenait une petite clef à la main. Il l'avait trouvée entre deux pierres, grâce au bruit qu'elle avait fait en heurtant le sol.
Pick avait l'air furieux, mais il jouait toujours les innocents. Antoine se tourna vers sa complice en lui montrant les sacs.
– Je suppose que c'est l'argent que vous avez gagné à La Dame de Pique…
– Non, ce sont mes économies pour la retraite.
– Tricheuse, menteuse, la compagne idéale, n'est-ce pas Pick ? ironisa Antoine.
Pick ne daigna même pas répondre.
– Voyons voir ce que c'est que cette clef, fit alors Antoine.
– Trop petite pour une porte, remarqua Valentin.
– Et trop grosse pour un cadenas ordinaire, compléta David.
– De toute façon, elle ouvre forcément quelque chose qui se trouve ici, sinon Pick n'aurait pas pris la peine de s'en défaire, conclut Francis.
– Oui, mais où précisément ? demanda Antoine devant l'infinité de cachettes possibles dans la mine.
– Facile, affirma Caroline à la surprise générale. Ils ont signalé l'emplacement à l'aide de signes distinctifs.
Pick et sa compagne fulminaient : leur secret avait été découvert.

───── QUESTION ─────
Quels signes ont utilisés les tricheurs, et que permettent-ils de découvrir ?

ET DIX DE DER

Caroline avait vu juste. Elle s'était dit que les quatre couleurs des cartes à jouer, pique, cœur, carreau et trèfle, n'avaient rien à voir avec les images projetées sur les colonnes, et qu'elles avaient donc dû être tracées pour signaler un emplacement précis. C'est ainsi que les Malice et Réglisse purent découvrir un coffre parmi les pierres. La clef que Pick avait jetée leur permit d'ouvrir ce petit coffre qui contenait le reste du butin des deux tricheurs.
– Des années et des années de travail, clamait Pick.
– Ce n'est vraiment pas juste, se lamentait sa compagne.
Le couple de tricheurs, qui s'apprêtait à filer vers les pays chauds pour une douce retraite, allait finalement se retrouver à l'ombre, derrière les barreaux. La fausse mort de Pick aurait dû le mettre au-dessus de tout soupçon, mais il avait eu le malheur d'avoir affaire aux Malice et Réglisse.
La police fit exhumer le cercueil, qui ne contenait, comme prévu, qu'un tas de briques.
L'enquête bouclée, les Malice et Réglisse eurent à peine le temps de s'en réjouir : Robinson avait disparu. Il finit par revenir de lui-même au bout de trois jours, fatigué mais heureux, une plume de chouette encore à la patte.

Création de la collection :
Studio de création
de Repères Communication

Reproduit et achevé d'imprimer
en avril 2002
par l'imprimerie I.F.C.
à St-Germain-du-Puy
pour le compte des éditions
ACTES SUD
Le Méjan
Place Nina-Berberova
13200 Arles

Dépôt légal
1re édition : mai 2002
N° imprimeur : 02/389
(Imprimé en France par I.F.C. 18390 Saint-Germain-du-Puy)